Weihnachtsfreude für Herz & Seele

Geschichten, die guttun

benno

Bibliografische Information der Deutschen Nationalbibliothek
Die Deutsche Nationalbibliothek verzeichnet diese Publikation in der Deutschen Nationalbibliografie; detaillierte bibliografische Daten sind im Internet unter http://dnb.d-nb.de abrufbar.

Bildnachweis
S. 6: © stock.adobe.com/abasler; S. 26: © stock.adobe.com/Victor Mulero; S. 52: © stock.adobe.com/Kathleen Rekowski; S. 60: © stock.adobe.com/homydesign; S. 82: © stock.adobe.com/Ana Tramont.

ISBN 978-3-7462-6633-6

Zusammenstellung: Volker Bauch, Gößnitz
Umschlaggestaltung: Ulrike Vetter, Leipzig
Covermotiv: © stock.adobe.com/azurita
Gesamtherstellung: Arnold & Domnick, Leipzig (A)

Inhaltsverzeichnis

1

Warten mit Hoffnung

Weihnachten für Hakim

CHRISTA SPILLING-NÖKER

„Was wünscht ihr euch denn zu Weihnachten?“, fragte Frau Vogt, die Klassenlehrerin der 4b, ihre Schülerinnen und Schüler. „Neue Computerspiele“, „einen eigenen Fernseher“, „Inline-Skates“, „einen kleinen Hund“, riefen alle durcheinander. „Und was wünscht du dir?“, wandte sie sich schließlich an Hakim, den syrischen Flüchtlingsjungen, der während des Geschreis ganz still auf seinem Stuhl gesessen hatte. „Dass meine Großeltern in den Trümmern überleben, dass wir bald anerkannt werden und dann eine Wohnung finden. In der Flüchtlingsunterkunft sind so viele Leute, da ist es immer schrecklich laut“, antwortete dieser traurig, um dann fortzufahren: „Im Krieg ist das rechte Knie meiner kleinen Schwester durch Granatsplitter zertrümmert worden. Sie wird nie wieder richtig laufen können. Sie hat zwar Gehhilfen, aber damit schafft sie es kaum bis zur Schule. Deshalb wünsche ich mir für sie einen passenden Rollstuhl, damit wir auch einmal aus dem Heim herauskommen und spazieren gehen können. Das Amt bewilligt ihr keinen, weil sie schon Krücken bekommen hat. Und ich wünsche mir, dass mein Vater endlich zu uns kommen darf, und dass es in meiner Heimat für immer Frieden gibt. Ihr Christen betet ja an eurem Weihnachtsfest auch um Frieden", fügte er ernst hinzu. Die anderen Kinder waren plötzlich ganz still geworden. Aus dieser Perspektive hatten die meisten von ihnen Weihnachten bisher nie betrachtet, auch wenn sie die Geburtsgeschichte Jesu mit der Verheißung des Engels vom Frieden auf Erden im Religionsunterricht durchgenommen hatten. In erster Linie war es ihnen nur um die Geschenke gegangen.

Als es zur Pause läutete, verließen alle, im Gegensatz zu dem sonstigen Gerangel, leise und betreten den Klassenraum. Am nächsten Tag fehlte Hakim wegen eines grippalen Infekts. Die Lehrerin wollte gerade die Aufgaben für eine Mathematikarbeit austeilen, als sich Jana, die Klassensprecherin, meldete: „Frau Vogt, können wir die Arbeit bitte verschieben? Wir haben etwas ganz Wichtiges mit Ihnen zu besprechen.“ Frau Vogt runzelte die Stirn. „Das muss aber sehr wichtig sein.“ „Ist es auch.“ Jana erzählte, dass sie und die meisten anderen in der Klasse zu Hause mit ihren Eltern über Hakims „Weihnachtswünsche“ gesprochen hätten. In der großen Pause hätten sie sich untereinander beraten. Sie würden Hakims Schwester gerne helfen und hätten dafür auch schon ein paar Ideen parat. „Das können wir doch nur heute mit Ihnen bereden, weil Hakim fehlt.“ „Einverstanden, dann schreiben wir die Arbeit morgen in der zweiten Stunde.“ Mitgefühl und soziales Engagement sind allemal wichtiger als ein Mathetest, dachte sie. In der nächsten Konferenz trug sie dem Kollegium das Anliegen ihrer Klasse erfolgreich vor. Der Schulleiter erklärte den Samstag vor dem dritten Advent zum Projekttag über das Thema Syrien, sodass auch die Eltern, die berufstätig waren, kommen konnten. Natürlich erschienen nicht alle. Einige hatten schon im Vorfeld dagegen protestiert, dass man die Flüchtlinge, die vom Staat ohnehin mehr als genug bekämen, auch noch gesondert unterstützen sollte. Frau Vogt hatte sogar persönlich Drohbriefe erhalten. Aber die interessierten

sie nicht. Kritische Stimmen muss man eben aushalten, wenn es darum geht, sich für andere Menschen einzusetzen.
Von einigen Kollegen wurde über die derzeitige Lage in Syrien berichtet. Schülerinnen und Schüler anderer Klassen hatten dazu mit Fotos aus Zeitungen und Illustrierten Plakatwände gestaltet. Zudem wurden in den Gängen des Schulhauses Tische aufgestellt, auf denen die Kinder selbstgebackene Weihnachtsplätzchen und im Kunstunterricht gestaltete Weihnachtskarten zum Verkauf anboten. Daneben gab es noch einen Stand mit Secondhandkleidung. Viele Eltern und auch Lehrerinnen und Lehrer hatten zahlreiche Kuchen gebacken und gestiftet. Man kam schnell miteinander ins Gespräch: über die politische Situation in dem geschundenen Land, aber auch über Glaubensfragen.
Am Nachmittag waren die meisten Dinge verkauft; auch der Kuchen hatte reißenden Absatz gefunden. Zusammengerechnet ergab sich eine Summe von 387 Euro. Die Kinder waren außer sich vor Freude. Als das Kollegium am Ende der Veranstaltung noch im Lehrerzimmer beisammensaß, zollten alle Frau Vogt großes Lob für die Aktion.

Darüber, dass man sich für die anderen Flüchtlingskinder an der Schule auch in besonderer Weise engagieren sollte, war man sich schnell einig. Hakim, der gar nicht mitgekriegt hatte, dass der Betrag seiner Schwester zugutekommen sollte, war fassungslos. Aber damit nicht genug. Die meisten Schülerinnen und Schüler der 4b erklärten sich dazu bereit, ihn für jeweils einen Nachmittag zu sich nach Hause einzuladen, damit er seine Hausaufgaben dort in Ruhe erledigen konnte.
Am Abend kam die ganze Klasse zur Flüchtlingsunterkunft, um seiner Mutter den Ertrag des Basars zu überreichen. Die war vor Freude überwältigt und dankte ihr von Herzen. Dabei konnte sie ihre Tränen kaum unterdrücken. Hakims Schwester jubelte vor Glück. Schließlich fassten sich alle an den Händen und baten um Frieden für die Welt. Und die Sterne leuchteten am Himmel über allen gleichermaßen, welchen Glauben sie auch in ihren Herzen trugen.

Das Geschenk des heiligen Nikolaus

Ein Märchen aus Albanien

Es war bitterkalt in jenem Jahr, so kalt wie nie zuvor. Und es war der Abend vor dem Tag des heiligen Nikolaus.
Unerkannt ging der Heilige an diesem Abend durch die Lande, wie er es zuweilen zu tun pflegte. Er gelangte an den Hof des Königs. Dort traf er drei kleine Brüder beim Versteckspiel. „Was macht ihr hier am Hof des Königs?", fragte Nikolaus die drei Kinder.
„Wir sind Waisen, Herr. Der König hat uns an seinem Hof aufgenommen, er ernährt und kleidet uns und lässt uns hier erziehen", antwortete einer der Jungen. „Ich bin der heilige Nikolaus", sagte da der fremde Mann. „Ich bin gekommen und will euch zu reichen Männern machen. Jeder darf einen Wunsch aussprechen, den ich ihm erfüllen werde."

Die drei Brüder staunten und konnten ihr Glück gar nicht fassen.
„Nun, was wünscht du dir?“, fragte der Heilige den Ältesten.
„Ich wünsche mir eine riesengroße Schafherde und dazu Weideland, so weit das Auge reicht.“
„Du bekommst deine Schafe und das Weideland“, sprach der heilige Nikolaus.
„Und was willst du?“, fragte er den Zweiten.
„Ich will einmal ein großer Kaufherr werden. Und dazu brauche ich eine Stadt mit vielen Kaufläden.“
„Du wirst deine Stadt und dazu die Läden bekommen“, bekam er zur Antwort.
„Und du, was willst du von mir als Geschenk?“, fragte der Heilige den jüngsten Bruder.
„O Herr“, sagte der. „Ich glaube, es ist am wichtigsten, eine Frau zu bekommen, mit der man sich in allem versteht und die ein gütiges Herz hat.“
„Auch dieser Wunsch soll erfüllt werden“, sagte Nikolaus und ging darauf seiner Wege.
Nach ein paar Jahren, als die drei Jungen erwachsen geworden waren, erfüllten sich die Wünsche. Der Älteste bekam eine große Schafherde und ausgedehntes Weideland. Der Zweite wurde einer der

reichsten Kaufleute im Land mit einer Stadt voller Läden, in denen man kaufen konnte, was das Herz begehrte. Der dritte Bruder aber, der Jüngste, fand eine Frau, die die Güte selbst war und die er innig liebte.

Und wiederum vergingen einige Jahre. Da ging der heilige Nikolaus am Vorabend seines Festes wieder unter die Menschen. Er war aber diesmal in Lumpen gekleidet wie ein Bettler, sodass ihn niemand erkennen konnte.

Zuerst besuchte er den ältesten der Brüder, den, dem er den Wunsch nach einer großen Schafherde erfüllt hatte.

„Guten Abend", sagte Nikolaus.

„Schönen guten Abend", erwiderte der junge Mann.

„Schenkst du mir bitte etwas, denn morgen ist das Fest des heiligen Nikolaus."

„O nein", sagte da der Mann. „Das kann ich nicht machen. Wie käme ich dazu, jedem Fremden etwas zu schenken? Mein Reichtum wäre bald dahin. Aber nimm meine besten Wünsche für eine glückliche Weiterreise."

„Aber du hast deinen Reichtum doch nicht deinem eigenen Fleiß zu verdanken, du hast doch alles geschenkt bekommen“, wandte der Alte in Lumpen ein. „Der heilige Nikolaus hat dir alles gegeben. Doch da du so hartherzig bist, wirst du bald alles wieder verlieren.“

Der Fremde ging.

In jener Nacht aber verwandelten sich alle Schafe des reichen Mannes in Felsen.

Der heilige Nikolaus zog weiter seines Wegs und gelangte in die Stadt des reichen Kaufmanns. Er ging zu ihm und entbot ihm einen guten Tag.

„Guten Tag, Fremder“, grüßte der Kaufmann zurück.

„Schenkst du mir etwas?“, fragte Nikolaus, „weil wir morgen ein großes Fest feiern.“

„Mach nur, dass du weiterkommst, Alter! Soll dir doch jemand anderer etwas schenken. Ich wäre ja bald ein armer Mann, wenn ich jeden Dahergelaufenen beschenken würde. Nein, von mir bekommst du nichts.“

„All die vielen Läden in deiner Stadt hast du aber nicht durch eigenen Fleiß erworben. Gott hat sie dir durch den heiligen Nikolaus geschenkt. Hast du das vergessen? Ich prophezeie dir, dass dir all dein Reichtum wieder genommen wird.“

Kaum hatte der Heilige die Stadt verlassen, brach

ein großes Feuer aus, das alle Läden des Kaufmanns und seine Waren vernichtete.
Der heilige Nikolaus ging daraufhin zum jüngsten der drei Brüder und klopfte an die Tür seines bescheidenen Hauses. Der Mann öffnete die Tür, seine Frau trat herzu, und beide baten ihn herzlich, einzutreten. „Sei uns willkommen“, begrüßten sie den Alten.
„Ich bin schmutzig“, erwiderte der vermeintliche Bettler. „Ich kann nicht hereinkommen in eure Stube. Aber wenn ihr hier an der Tür ein Plätzchen für mich habt, so bin ich zufrieden. Dann muss ich nicht draußen in der Kälte nächtigen.“
„Nein und abermals nein“, riefen Mann und Frau wie aus einem Munde. „Heute am Vorabend des Nikolaustages werden wir dich doch nicht vor der Tür sitzen lassen. Bitte, tritt ein!“ Und sie führten ihn mit vielen guten Worten in die Stube; sie reichten ihm warmes Wasser, damit er sich waschen konnte. Sie baten ihn auf ihren bequemsten Stuhl und bewirteten ihn mit den besten Speisen und Getränken, die sie im Hause hatten.
Der Fremde aß und trank und unterhielt sich mit seinen Gastgebern. Dabei bemerkte er eine stille

Traurigkeit, die die beiden zwar zu verbergen suchten, was ihnen aber nicht gelingen wollte.
„Habt ihr irgendeinen Kummer?“, fragte der Heilige nach einer Weile.
Der Mann und die Frau schauten sich an. Und als die Frau nickte, begann der Mann zu sprechen: „Wir haben genug zu essen“, sagte er. „Wir haben uns lieb und sind mit unserem Leben zufrieden. Nur beten wir schon seit vielen Jahren, dass Gott uns ein Kind schenken möge. Doch unsere Gebete wurden nicht erhört.“
Der fremde Mann sah die beiden lange an. Dann sprach er: „Ich bin der heilige Nikolaus. Ihr habt mich bewirtet wie einen König, obwohl ich aussehe wie ein Bettler. Ich werde euren Wunsch erfüllen. Ihr werdet einen Sohn bekommen.“
Nach diesen Worten erhob sich der heilige Nikolaus, ging zur Tür und verließ das Haus.
Übers Jahr aber, als der Herbst ins Land zog, gebar die Frau einen Sohn. Ein Freudenfest wurde gefeiert, und die Eltern gaben dem Kind den Namen Nikolaus. Dankbar gedachten sie des Heiligen, der ihren sehnlichsten Wunsch erfüllt hatte.

Weihnachten mit Otto

GERHARD P. STEIL

Kennen Sie das?
Weihnachten steht vor der Tür. Auf Schritt und Tritt wird man von glitzernden Weihnachtsmännern verfolgt, und kaum ein Fenster ist zu sehen, aus dem nicht eine besinnliche Weihnachtsstimmung ins Freie drängt. In den Vorgärten haben sich die Bäume festlich herausgeputzt, und es sind längst nicht mehr nur Tannenbäume, die mit christlichem LED-Gefunkel unsere Nächte erhellen.
Meine Gattin hat es wie immer auf die Spitze getrieben, als sie das kleine Gartentor mit dem Wunderstern aus Bethlehem geschmückt hat, der zu allem Überfluss mit seinem hellen Schweif die halbe Nachbarschaft erhellt. Aber was vorerst nur eine Randnotiz für mich war, das sollte an diesem Abend für mich noch eine tiefere Bedeutung erhalten.

Jetzt aber standen andere Dinge im Vordergrund. Mein kleiner Freund Otto scharrte bereits mit den Hufen und war kaum noch zu bändigen.
Otto von Urbruch war ein höchst lebendiger Yorkshire-Terrier, den das übliche Weihnachtstheater völlig kalt ließ und der um diese Tageszeit nur seine Jagdtriebe stillen wollte, die er am besten auf dem verwilderten Baugrundstück in unserer Nachbarschaft ausleben konnte. Die Sonne war längst untergegangen und die gigantische Anzahl von Sternen am Himmelszelt verpasste an diesem späten Abend die Chance, am irdischen Lichterfest teilzunehmen, weil sie nicht in der Lage waren, die dicke Wolkendecke mit ihrer Leuchtkraft zu durchdringen. Ich hatte vorgesorgt und konnte, mit einer Taschenlampe bewaffnet, dem kleinen Hund gerade so folgen. Es gab kein Geräusch, auf das der Racker nicht reagierte und das er nicht mit einem wilden Satz näher ergründen musste.
Zehn Minuten wollte ich ihm geben, bis wir uns wieder auf den Heimweg machen würden. Ich hätte meine Taschenlampe gar nicht benötigt, weil ich jede seiner Bewegungen am knackenden Gehölz und dem Rascheln der aufgewirbelten Blätter ver-

folgen konnte. Umso unwirklicher wirkte die Stille auf mich, als jedes Geräusch von einer Sekunde auf die andere verstummte.

Er war bestenfalls 20 Meter von mir entfernt, als ich ihn hinter einem Erdhügel verschwinden sah. Ich musste mir eigentlich keine Gedanken machen. Otto hörte aufs Wort und würde blitzartig bei mir erscheinen, wenn ich nach ihm rufen würde. Aber an diesem Abend sollte ich eine Überraschung erleben. Auf mein Rufen erfolgte keine Reaktion. Ich bewegte mich nun etwas schneller in seine Richtung, und meine Stimme begann sich nun schon deutlich ungeduldiger anzuhören. Aber mein Otto reagierte noch immer nicht. Das war völlig neu für mich, und so langsam spürte ich eine gewisse Nervosität aufkommen. Wo hatte sich der Kerl versteckt? Im Lichtkegel meiner Taschenlampe konnte ich außer undurchdringlichem Gestrüpp und ein paar Eingängen zu unterschiedlich großen Kaninchenbauten nichts Ungewöhnliches erkennen.

Es war kalt an diesem Dezemberabend. Aber nach dieser Entdeckung spürte ich, wie mir langsam aber sicher Schweißperlen auf die Stirn traten. Ich begann plötzlich zu ahnen, wohin der Racker verschwunden sein könnte. Ich verstärkte meine Fahndungsbemühungen und meine Stimme konnte für Otto nicht mehr überhörbar sein. Ich würde nicht sagen, dass ich in diesem Moment einen Anflug von Panik empfand, aber die Situation wurde jetzt zunehmend ungemütlicher. Inzwischen hatte ich keinen Zweifel mehr, dass der Kerl in einem dieser Hasenlöcher verschwunden sein musste. Ich konnte ihm nicht mal wirklich böse sein, denn schließlich waren seine Vorfahren genau zu diesem Zweck gezüchtet worden. Mir fiel in diesem Augenblick nichts Besseres ein, als um die Erdaufschüttung herumzulaufen und nach weiteren Eingängen zu suchen. Und weiß Gott, davon gab es noch eine ganze Menge. Wieder versuchte ich, ihn mit Rufen aus einem dieser Löcher herauszukriegen, und während mir inzwischen der Angstschweiß aus allen Poren trat, spürte ich meine Verzweiflung immer weiter anwachsen. Was sollte ich nur tun? Der Kerl musste unter allen Umständen aus diesem Loch heraus. Es war gar nicht so einfach, jetzt noch einen kühlen Kopf zu bewahren. Mehr als rufen und im Unterholz herumstochern, fiel mir nicht mehr ein. Stattdessen kam diese dämliche Erinnerung an einen Zeitungsartikel wieder hoch, in dem ein ganz ähnlicher Fall beschrieben wurde, als eine Dame ihren Dackel wieder wohlbehalten in Empfang nehmen durfte, dafür aber eine gewaltige Rechnung der beteiligten Feuerwehr begleichen musste. Und mir war klar, dass mich auch keine noch so besinnliche Weihnachtsstimmung vor diesem Schicksal retten würde. Denn eines war sicher, ich würde alles in meiner Macht stehende unternehmen und keine Kosten scheuen, um den Hund aus seiner misslichen Lage zu befreien.

Aber jetzt konnte es nur darum gehen, die Nerven zu behalten und jede Möglichkeit in Betracht zu ziehen, wie ich den Kerl mit eigener Kraft aus dem Dilemma herausholen konnte.

Nachdem ich noch ein letztes Mal laut und unüberhörbar nach ihm gebrüllt hatte, war mir klar, was nun zu tun war.

Ich wollte keine weitere Zeit verlieren und rannte so schnell ich konnte nach Hause.

Ich musste nur etwa 300 Meter zurücklegen, aber die Zeit genügte, um mir zu überlegen, wo ich genügend Spaten und andere Werkzeuge herbekommen würde, um zusammen mit ein paar alarmierten Freunden zur großen Rettungsaktion anzusetzen.

Dann war ich auch schon am Gartentor, und ich glaube ... die letzten Laufschritte hatte ich nur noch auf einem Bein zurückgelegt. Bei der nun erfolgten plötzlichen Vollbremsung war an einen ordnungsgemäßen Bewegungsablauf nicht mehr zu denken. Bis zu diesem Augenblick war mir niemals aufgefallen, wie groß die Augen eines kleinen Yorkshire-Terriers sein können. Jetzt saß mein Otto umrahmt von glitzernden Leuchtgirlanden und mit einem strahlend hellen Weihnachtsstern über dem Kopf vor dem Gartentor und blickte mich mit eben diesen großen, staunenden Augen erwartungsvoll an. Es war ihm anzusehen, dass er nicht begreifen konnte, wie ich ihn so lange in der Kälte vor der Eingangstür stehen lassen konnte.

Als ich meine Fassung wiedergefunden hatte und die Erleichterung wieder die Hauptrolle in meinem Gefühlsleben übernommen hatte, da hatte ich meine schönste Bescherung schon hinter mir. Ich musste noch lange darüber nachdenken, wie diese verrückte Situation überhaupt entstanden war. Und wenn ich einige Tage später zum Weihnachtsfest noch einen Wunsch frei gehabt hätte, dann hätte der ganz sicher darin bestanden, dieses Erlebnis noch einmal ganz genau aus der Sicht meines kleinen Freundes erklärt zu bekommen.

Lied im Advent

MATTHIAS CLAUDIUS

Immer ein Lichtlein mehr
im Kranz, den wir gewunden,
dass er leuchte uns so sehr
durch die dunklen Stunden.

Zwei und drei und dann vier!
Rund um den Kranz welch ein Schimmer,
und so leuchten auch wir,
und so leuchtet das Zimmer.

Und so leuchtet die Welt
langsam der Weihnacht entgegen.
Und der in Händen sie hält,
weiß um den Segen!

2

Weihnachtsbaum mit Liebe gesucht

'ne tolle Frau

Mannix Flynn

Zu Hause half ich meiner Ma in der Vorweihnachtszeit immer, die Christbäume zur Camden Street hochzuschaffen, die sie an ihrem Stand verhökerte. Das Geziehe und Geschleife, Tannen die Straße 'rauf und 'runter zerren, ich hasste das. Alle paar Meter musste man 'ne Pause einlegen und sich mit den Zähnen Tannennadeln aus den Händen ziehn. Ich half auch mit, die Dinger an den Mann zu bringen, und pries sie den Leuten an wie warme Semmeln. Jedes Mal, wenn ich 'ne neue Fuhre im Kinderwagen zu Mas Bude 'raufschob, kam ich mir vor wie der letzte Idiot. Alle Kinder in unserem Wohnblock schauten mir nach und mein Kopf leuchtete wie 'ne Ampel, so peinlich fand ich das. Manchmal purzelten mir die Tannen vom Kinderwagen 'runter und rollten auf die Straße. Dann brach gewöhnlich der Verkehr zusammen. Busfahrer kriegten Schreikrämpfe, und man wurde halb taub von all dem Gehupe. Die ganze Straße war minutenlang blockiert, und keiner konnte vor oder zurück. Die Passanten drängelten sich auf den Bürgersteigen und gafften wie blöde, dass ihnen nur ja nix entging. Und ich stand mittendrin im allgemeinen Chaos, bemühte mich, die verdammten Tannen auf meinen Kinderwagen zurückzuhieven, die Hände gespickt mit Nadeln, die Birne glühend rot. Ich konnte von Glück sagen, dass nie ein Stier in der Nähe war. Wenn ich sie dann endlich meiner Ma brachte, wartete sie schon auf mich, die Arme in die Hüften gestemmt und mit einem Ausdruck in den Augen, der besagte: „Alles in Deckung! Gleich knallt's, gleich explodiert sie." „Du!", pflegte sie mich anzuschnauzen, „du saudummes Schwein, du! Über 'ne Stunde steh ich mir hier die Beine in den Bauch. Ich könnte die Bäumchen längst verkauft haben.

Jesus, Maria und Joseph, womit hab' ich das verdient? Warum muss ausgerechnet *ich* 'ne ganze Blase Versager in die Welt setzen?" Jeder, der an uns vorbeiging, schaute Ma an, als wär' sie übergeschnappt oder besoffen, oder weiß der Teufel was. Oft kippte ich nur die Tannen vor ihr auf die Straße

und machte mich aus dem Staub, bevor sie sagen konnte: „Gerard, sei so lieb, lauf doch bitte noch mal 'rüber und bring mir 'n halbes Dutzend her, du weißt schon, die mittelgroßen, das wär dann alles. Ja, so ist's brav, bist ein Schatz." Aber ich hörte meistens gar nicht hin und war die Grafton Street 'runtergepest, ehe sie den ersten Satz zu Ende gebracht hatte.
Der Morgen war frisch, der scharfe, kalte Wind zerzauste meine eben von Ma frisierten Haare und pfiff durch die Christbäume, die an den Kellergeländern im Hof lehnten. Sie erstreckten sich den halben Wohnblock lang, nach vorn 'raus immer sieben bis acht, und nahmen 'ne Menge Platz in Anspruch. Ein richtiges Tannenwäldchen, simsala-bim, mitten in Dublin. Ma lud gerade Obst und Gemüse auf ihre Karre. Meine Aufgabe war's, alle kleinen Bäume 'rauszusuchen und zum Markt zu bringen. Diesmal machte 's mir nicht so viel aus, ringsum schlief noch alles. Keine Zuschauer, keine Peinlichkeit. Ma war guter Laune und summte vor sich hin. Ich drang in unseren Privatnadelwald ein. Als ich ungefähr 'n Dutzend mickriger Tannen 'rausgefischt hatte, bemerkte ich, dass meine

Ma mit dem Hausmeister sprach. Ich unterbrach meine Arbeit, ging zu ihnen hin und stellte mich neben Ma. Der Hausmeister teilte ihr mit, dass der Innenhof vom St. Patricks Haus als Spielplatz für die Kinder aus der Gegend angelegt worden wär und er sie auf Anordnung der Stadtverwaltung auffordern müsse, die Christbäume umgehend zu entfernen. Der Mann redete ganz schön geschwollen daher, aber irgendwo hatte er recht. Im Hof standen so viele Tannen 'rum, dass man 'ne Axt brauchte, um sich 'n Weg durchzuhauen. „So, jetzt halten Sie mal die Luft an, guter Mann, und sperren Sie die Ohren auf, ich sag's nämlich nur einmal: die Bäumchen da sind mein Lebensunterhalt. Mit dem Geld, das ich an ihnen verdiene, ernähre und kleide ich meine Kinder, klar? Ich krieg' von nirgendwoher 'ne Unterstützung, ich mach' alles alleine, kein Schwein hilft mir dabei. Verstehn Sie, das is 'ne ehrliche, anständige Arbeit, nich so'n windiger Job wie Sie einen haben, den lieben langen Tag nix als 'rumstehn und 'rumschnüffeln und Drinks von Leuten schnorren, die selber nich wissen, wie sie am 1. die Miete bezahlen sollen. Also stehln Sie mir nich meine Zeit, machen Sie, dass Sie wegkommen.

Haun Sie ab zu Ihren Verwaltungsfritzen und erzähl'n Sie denen ruhig, was ich Ihnen gesagt hab."
„Äh – – –." Er wusste zuerst nicht, was er darauf antworten sollte. „Mrs. O'Neill, ich tu' doch nur, was mir gesagt wird. Das ist nun mal mein Job. Ich muss schließlich auch meine Brötchen verdienen, wissen Sie." „Ach, papperla-papp. Die Bäumchen bleiben, wo sie sind, bis ich Zeit und Muße finde, sie woanders hinzuschaffen, und damit basta. Das könn' Sie Ihren Bonzen ausrichten. 'n Spielplatz! Dass ich nich lache! Schaun Sie sich doch mal hier um! Das Kind möcht ich sehn, das sich in diesem Drecksloch wohl fühlt. Etwa die Kinder von Ihrem Boss? Würden die vielleicht hier spielen wollen? Kommen Sie, dampfen Sie ab, ja? Sie gehn mir auf den Geist. Ich hab zu tun. Ich kann's mir nicht leisten, meine Zeit zu verplempern wie Sie." Ich sah, wie der Mann sich völlig verdattert umdrehte und wegging. Ich wollte was dazu sagen, aber es fiel mir nix ein. Er hatte so'n seltsam torkeligen, gleitenden Gang. Au-weia, jetzt hat die den echt zur Schnecke gemacht, dachte ich. Ich sah zu meiner Ma auf, die unbekümmert die letzte Kiste Tomaten auf ihren Karren wuchtete. Ich fühlte, wie mein Herz plötz-

lich warm wurde und sich ein glückliches Lächeln auf meinem Gesicht ausbreitete. Sie fing wieder an, ihr Lied zu summen. Ich stimmte mit ein, weil ich froh war, echt froh, dass ich so ’ne tolle Frau als Mutter hatte.

Die Geschichte vom Tannenbäumchen

LUISE BÜCHNER

„Tante Luise“, sagte am andern Abend Mathildchen, „was erzählst du uns denn heute für eine Geschichte? Weißt du denn noch etwas?“
„Ja, freilich weiß ich noch etwas, hört mir nur zu!“ „Ach, Tante“, sagte das Mathildchen wieder, „es dauert doch gar zu lange, bis das Christkind kommt, ich kann es kaum mehr aushalten und werde ganz ungeduldig.“ „Ungeduldig? Das musst

du dir vergehen lassen. Höre nur, wie geduldig das Tannenbäumchen war und wie es stille wartete, bis seine Zeit kam, denn die Geschichte, die ich heute erzähle, kommt in unserm Garten vor!"

Die Kinder stützten ihre kleinen, runden Ellenbogen auf der Tante Knie und sie begann:

„Es war einmal ein schöner großer Garten, in dem standen eine Menge Bäume, welche alle die herrlichsten Früchte trugen. Auf dem einen wuchsen Kirschen, auf dem anderen Birnen, auf dem dritten Äpfel und so fort, aber bei allen gab es etwas zu naschen vom Frühjahr bis zum Herbst, und die Kinder, die in dem Garten wohnten, hatten die Bäume sehr lieb.

Nun war es wieder einmal Frühling und der Garten stand da in seinem schönsten Schmuck. Die Kirschbäume waren anzusehen, als wären sie mit Zucker bestreut, die Pfirsiche hatten rosenrote Blüten wie der Abendhimmel und die Apfelbäume waren mit weißen Röslein ganz überschüttet.

Da war kein Strauch und kein Bäumchen, wenn auch noch so klein, welches nicht eine Blütenflocke oder ein lichtes, saftgrünes Blättchen aufzuweisen hatte; und wenn dann die liebe Sonne so drüber hinschien, war der Garten gar zu lieblich anzusehen. Aber mittendrinnen in all der Pracht stand ein kleiner Baum, für den schien kein Frühling gekommen zu sein, denn starr und dunkelgrün streckten seine Nadeln sich hinaus und auch nicht die kleinste weiße oder rote Blüte war daran zu sehen.

Das Bäumlein aber war trotz seiner Armut ganz zufrieden und beklagte sich nicht, und kam manchmal im Vorüberfliegen ein Vöglein seinem Wipfel nahe und ruhte sich darauf aus, so freute es sich wie die anderen Bäume an dessen Gezwitscher und dachte nicht daran, wie unscheinbar es neben ihnen aussah.

Aber das ärgerte die schön geputzten Bäume, und ein hochmütiger Kirschbaum fing auf einmal an und sprach: ‚Es ist doch ein rechtes Glück, wenn man hübsch aussieht und auch zu etwas gut ist in der Welt! Was habe ich jetzt für feine, weiße Blüten, und wenn diese abgefallen sind, dann kommen die frischen, grünen Blätter und zuletzt die prächtigen, roten Kirschen, an denen die kleinen und großen Leute ihr Vergnügen haben. Ach, wie froh bin ich, dass ich nicht so ein einfältiger Tannenbaum geworden bin wie derjenige hier neben mir, der doch zu nichts auf der Welt gut ist, als um uns den Platz zu versperren!'

,Du hast recht', rief ein stattlicher Birnbaum, ,dein Nachbar ist mehr als überflüssig im Vergleich mit uns. Von meinen saftigen Birnen will ich noch gar nicht reden, aber welchen prächtigen Schatten gebe ich in der Hitze den lieben Kindern, die sich auf der Bank unter meinem Blätterdache ausruhen. Nicht einmal vor der Sonne vermag der einfältige Tannenbaum zu schützen.' ,Ja, ja', fing nun ein dicker Apfelbaum an, ,mit uns kann sich der arme Tropf freilich nicht messen. Was mich aber am meisten verdrießt, ist, dass man die langen Zapfen, welche der Herbstwind von ihm herunterschüttelt und die weder für Mensch noch Tier genießbar sind, Tannäpfel nennt, als ob sie auch nur die entfernteste Ähnlichkeit mit meinen schmackhaften Früchten hätten; es ist wirklich zu arg!' Dabei schüttelte der alte Herr sein Haupt so gewaltig, dass dicke Blütenflocken zur Erde fielen und einzelne an den Nadeln des armen Tannenbäumchens hängen blieben. ,Seht, wie er sich jetzt auch noch mit fremden Federn schmückt!', schrie ein naseweiser, junger Pflaumenbaum, ,der Unverschämte, er glaubt, weil er spitze Nadeln habe, dürfe er uns allen trotzen!‘

Und nun fingen alle Bäume zugleich an, auf die arme Tanne zu schelten, und lobten dabei unaufhörlich ihre eigenen Früchte sowie den Nutzen, den diese brächten. Selbst die Johannis- und Stachelbeerbüsche blieben nicht still und niemand wollte dem bescheidenen Tannenbäumchen das mindeste Gute zuerkennen.
Drüben über dem Bach war ein Wald voll schöner Buchen und Eichen; auch diese fingen an, mitzuspotten und sich hervorzutun. Eine dicke Buche überschrie zuletzt alle und rief: ‚Wenn wir auch keine so süßen Früchte tragen wie der liebe Kirschbaum und der vortreffliche Apfelbaum, so sind wir doch gleichfalls von dem allergrößten Nutzen. Im Sommer geben wir kühlen, prächtigen Schatten, und im Winter heizen wir die Zimmer ein, wenn es draußen stürmt und schneit, denn wir haben gutes, festes Holz, aber selbst das Holz der hässlichen Tanne ist elendes Zeug, macht schwarz und rußig und gibt keine Wärme. Nebenbei sind unsre kleinen Früchte auch gar nicht zu verachten; die

Bucheln glänzen zwar nicht durch äußere Schönheit, aber man presst gutes, fettes Öl daraus, in dem man Pfannkuchen und Kräppeln backen kann, die sehr gut zu den gekochten Kirschen und Pflaumen schmecken!‘

‚Nun, bist du bald fertig?‘, fing eine Eiche neben ihr an, ‚du tust, als ob du der erste Baum im Walde wärest. Mich lasse reden. Ich bin die deutsche Eiche und ein poetischer Baum. Wo es irgendein Fest gibt, macht man aus meinen Blättern Kränze, ich komme in Millionen Gedichten vor, und mein Laub ist überall Vorbild für Stickereien, in Gold, Seide und Perlen. Was nun den Nutzen betrifft, so ist der meinige ohne Widerrede der bedeutendste. Mit meinen Eicheln mästet man Schweine, und es gibt verständige Leute genug, die essen lieber ein gutes Stück Schweinebraten als Kirschen und Birnen und wie all das süße, kraftlose Zeug heißt, mit dem ihr so gewaltig großtut!‘ Nachdem die Eiche dies gesprochen hatte, fächelte sie sich mit ihren Zweigen, hob stolz den Wipfel empor und sah sich um, als wolle sie fragen: ‚Wagt es noch jemand, etwas zu sagen?‘ Wahrhaftig, die deutsche Eiche hatte mehr Mut als gewöhnlich ein deutscher Mensch. Die anderen

Bäume blieben auch ganz still, und keiner muckte, bis endlich eine schlanke, grüne Linde sich zu regen begann und leise säuselte: ‚Ei, ei, ihr lieben Freunde! Am Ende bin ich doch noch die wichtigste von euch allen, wenn meine Blüten auch sehr klein und unscheinbar und fast nur durch ihren süßen Duft bemerkbar sind. Aber man bereitet guten, lindernden Tee daraus, und haben die kleinen Leute zu viel von dem guten Obst gegessen und davon Leibschneiden bekommen, und sind die großen zu lange unter den Buchen und Eichen herumgeschwärmt, sodass sie sich den Schnupfen geholt, dann muss sie dieser gesund machen, damit sie wieder von vorn anfangen können.‘

Als die kluge Linde schwieg, nickten die anderen Bäume und lachten, denn sie waren der schönen Linde alle gut, nur die Eiche brummte etwas in sich hinein von ‚dumm und albern!‘; aber sonst blieb alles ruhig. Das arme Tannenbäumchen hatte die ganze Zeit über zitternd und schweigend dagestanden, doch nun suchte es, die allgemeine Stille zu benutzen, um auch ein Wörtchen zu seiner Verteidigung zu sagen. Ganz leise und schüchtern fing es an: ‚Ach, ihr lieben Bäume, ich weiß wohl, dass ihr mich als den schlechtesten von euch allen betrachtet, aber so ganz nutzlos und überflüssig bin ich doch auch nicht, wenn ich auch weniger schön geschmückt bin als ihr. Aus meinem Holze kann man Häuser und Schiffe bauen und mit den Tannenzapfen machen die Leute ihr Feuer an, auch –.‘

‚Ha! ha! ha!‘, schallt es da aus allen Ecken und Enden, ‚ha, ha, ha, hört doch das dumme Ding! Wenn es nur lieber ganz geschwiegen hätte. Mit Hobelspänen kann man auch Feuer machen, als ob das ein Verdienst wäre. Ha, ha, ha!‘ Und die Bäume bogen und neigten sich und wollten sich bald totlachen und der dicke Apfelbaum verlor noch manche weiße Blüte in seiner großen Lustigkeit.

Endlich ging die Sonne unter; die Vögel suchten ihr grünes Quartier auf und wollten ihre Ruhe haben; so wurden die Schwätzer denn stiller und stiller, und als der silberne Mond langsam heraufstieg, lag alles im tiefsten Schweigen. Nur ein Baum konnte nicht ruhen und schlafen, das war das Tannenbäumchen. Es war so betrübt, dass es gern bittre

Tränen vergossen hätte, wenn es ein Mensch und kein Baum gewesen wäre. Ach, es konnte sich gar nicht zufriedengeben und wünschte sich auch weiche, flatternde Blätter und süße Früchte, damit es von niemand mehr verspotten werden dürfe. Wie es nun so dastand in seiner Betrübnis, ward es auf einmal vor ihm ganz helle und licht, und wie aus der Erde gewachsen schwebte auf dem grünen Rasen ein wunderschöner Engel. Er hatte ein langes, schneeweißes Gewand, weiße Flügel an den Schultern, auf dem Kopfe trug er einen Kranz von den schönsten Rosen, und darüber hing ein langer Schleier, der glänzte wie gesponnenes Silber. Na, könnt ihr euch wohl denken, wer der schöne Engel gewesen? Natürlich war es niemand sonst als unser liebes Christkind, welches alles mit angehört und angesehen, wie es auch immer sieht, ob ein Kind lieb oder unartig ist. Das arme bescheidene Tannenbäumchen tat ihm in tiefster Seele leid, und darum kam es jetzt zu ihm geflogen und sagte mit seiner süßen Stimme: ‚Tannenbäumchen, was fehlt dir denn?' Aber das Bäumchen konnte nicht antworten, es war zu betrübt und auch zu erschreckt von dem hellen Glanz und Christkindchens Anblick; es schüttelte nur leise den Wipfel, da fuhr Christkindchen fort: ‚Tannenbäumchen, ich weiß es recht gut, was dir fehlt; die bösen Bäume hier haben dich ausgelacht, weil du nicht so schön bist wie sie. Aber warte nur, bald sollst du schöner sein als sie alle. Wenn der Winter kommt und Schnee und Eis auf der Erde liegen und all die Bäume hier kahl und entlaubt stehen, dann sollst du süßere und buntere Früchte tragen als Kirschen, Birnen und Äpfel, und die Kinder werden sich mehr über dich freuen und dich lieber haben als alle andern Bäume auf der Welt!‘

Nachdem das Christkind dies gesagt, war es geradeso schnell wieder verschwunden, als es gekommen, und nur der liebe alte Mond warf noch silberne Strahlen auf die stille Welt.
So vergingen Sommer und Herbst, die Bäume hatten nach und nach all ihre Früchte hergegeben und der Winter kam mit raschen Schritten heran. Wohl hatten sie noch manchmal das Tannenbäumchen ausgespottet, aber es machte sich nichts mehr daraus und dachte immer nur an das, was Christkindlein ihm versprochen hatte. Bald war an dem Apfel-

und Birnbaum kein Blättchen mehr zu sehen, die Eiche und Buche streckten ihre nackten Arme zum Himmel empor und froren erbärmlich, aber es half nichts - es war eben Winter und sie mussten sich von dem kalten Nordwind nach allen Seiten hin und her zausen lassen. Unser Tannenbäumchen hielt sich wacker, es blieb so grün und frisch wie im Sommer und wartete in Geduld, bis seine Zeit käme. Auf einmal, in einer langen, dunklen Nacht, da ward es wieder ganz hell und licht, und der schöne Engel stand wieder neben dem Bäumchen und sagte: ‚Ich bin da, um mein Wort zu halten. Nun sollst du einmal sehen!‘

Neben dem Christkind im Schatten stand Nikolaus, der hielt seinen großen Sack mit beiden Händen auseinander, und Christkind griff hinein und wieder hinein und überschüttete das Bäumchen mit goldenen Nüssen und Äpfeln, mit köstlichem Zuckerwerk, mit Rosinen und Mandeln, mit funkelnden Perlen und silbernen Sternen, sodass es schöner und bunter glänzte und prangte als je ein Baum zuvor. Dann steckte der Nikolaus brennende Kerzchen an die Zweige der Tanne, da leuchtete sie fast so hell wie die Sternlein an dem dunklen

Nachthimmel über ihr. Wie nun alles fertig war, klingelte Christkind laut und lange mit seiner silbernen Schelle, dass alle Bäume und Sträucher ringsumher aufwachten, sich verwundert umsahen und nicht wussten, woher auf einmal all der Glanz und die Pracht kam.
‚Seht hierher, ihr Necker und Spötter!', rief nun das Christkind mit lauter Stimme, ‚der herrlich geschmückte Baum vor euch, das ist das Tannenbäumchen, welches ihr ausgespottet und gekränkt habt, und das nun schöner ist, als je einer von euch gewesen. Jetzt nehme ich es mit mir, wohin ihr niemals kommt, in warme, geschmückte, helle Stuben und zu fröhlichen Menschen. Alt und Jung wird sich an seinem Anblick erfreuen und die Kinder werden es am liebsten von allen Bäumen haben!'

Damit nahm Christkindchen das Bäumchen in die Hand, breitete seine Flügel aus, und fort war es, ehe sich die erstaunten Bäume ein wenig von ihrer Verwunderung erholen konnten. Ganz verdutzt blickten sie dem hellen Streifen nach, bis er im Dunkel entschwand, und nickten dann verdrossen und kopfschüttelnd wieder ein. Wohin aber Christkind

das Tannenbäumchen trug, das brauche ich euch nicht zu sagen, das wissen alle artigen Kinder, die zu Weihnachten eins bekommen.
Nun esst ihr zwar sehr gern frische Kirschen und süße Birnen, gebratene Äpfel und Pflaumenmus; wenn ich euch aber jetzt frage, welcher Baum ist euch der liebste von allen, was werdet ihr sagen?"
Da riefen Georg und Mathildchen jubelnd und wie aus einem Munde, und alle Kinder rufen es mit ihnen: „Das Tannenbäumchen! Das Tannenbäumchen!"

Das Tannenbäumchen

Marie Bürkner

Schon mehrere Wochen lang war der Winter Herrscher im Lande. Er führte ein strenges Regiment, und heute wütete in dem hochgelegenen Gebirgswäldchen ein solcher Sturm, dass sich selbst die ältesten Bäume einer ähnlichen Nacht nicht erinnern konnten. Aber sie beugten sich vor seiner Gewalt; denn trotziger Widerstand würde die Gefahr nur vergrößert haben.

Die jüngeren Bäume waren weniger geduldig; sie erhoben laute Klagen, und namentlich ein schlankes Tannenbäumchen vermochte kaum, seiner Unzufriedenheit Worte zu verleihen. „Was ist das für ein elendes Leben hier im Walde“, so murrte es. „Von jedem Wetter muss man sich zerzausen lassen! Wer doch in der Stadt wäre!“

Der stürmischen Nacht folgte, wie es oft der Fall ist, ein heiterer Morgen; der Morgen des 20. Dezember. Das war ein wichtiger Tag für unsern Wald; denn in den ersten Stunden desselben pflegte der Förster die Bäume zu bezeichnen, die gefällt und in der nahen Stadt als Christbäume verkauft werden sollten. Mit Spannung wurde auch heute sein Kommen erwartet, und fast alle, die er wählte, nahmen traurig von der Heimat Abschied. Nur die unzufriedene junge Tanne, die der Förster mit der Wurzel ausheben ließ, freute sich.

Es war eine beschwerliche Fahrt nach der Stadt hinunter; die Bäume wurden tüchtig hin und her gerüttelt. Dieser Anfang des neuen Lebens gefiel unserer Tanne gar nicht, und wie der beschneite Wald, der in der Morgensonne so feierlich strahlte und glitzerte, immer weiter zurückblieb, da wollte sich fast Heimweh in ihr regen. Doch das wurde schnell abgeschüttelt. „Nun will ich mein Leben genießen!“, dachte das Bäumchen, als es auf dem Marktplatz abgeladen wurde, und breitete fröhlich seine Äste aus.

Es dauerte nicht lange, so fand sich ein Käufer für den schöngewachsenen Baum. Und als die Tanne in einem reichen Hause in der warmen Stube stand und die Kinderschar sie jubelnd umringte, da konnte sie kaum noch begreifen, wie sie so lange das eintönige Leben im fernen Walde ertragen hatte.

So kam der Weihnachtstag heran. Am frühen Morgen schon begann der Hausherr mit dem Anputzen des Baumes, der bald in reichem Schmucke dastand. Am Abend aber, als die Kinder unter seinen Zweigen ihr Weihnachtslied sangen und mit glänzenden Augen zu dem lichterfunkelnden Christbaum aufblickten, der mit seinen hellen Kerzen so festlich strahlte, da begann unser Bäumchen zu glauben, es müsse doch etwas ganz Besonderes sein, dass ihm so viel Bewunderung gezollt werde.

Es verlebte einen schönen Weihnachtsabend, dem fröhliche Festtage folgten. Auch dann noch behauptete es seinen Platz im Zimmer, da die Kinder sich nur ungern von dem liebgewordenen Freunde trennen wollten. Am letzten Abend des Jahres wurde es seiner süßen Last beraubt, und der Vater benutzte die Gelegenheit, um den Kindern zu zeigen, wie reich ein solcher Baum schon vom Schöpfer ausgestattet sei, sodass er kaum noch besonderen Schmuckes bedürfe.

„Darum wollen wir auch“, so schloss der Vater, „unsern schönen Baum im Garten einpflanzen lassen, sobald die Sonne einmal warm genug scheint und den ärgsten Frost aus der Erde nimmt.“

So wurde der Baum einstweilen in einen dunklen Winkel des Holzschuppens gestellt. Dort wollte es ihm freilich nicht behagen nach der schönen Festzeit im warmen Zimmer; aber er tröstete sich damit, dass er ja bald eingepflanzt werden sollte, und dann hatte er es besser als all seine früheren Gefährten.

Aber Woche um Woche verging, und niemand kam, den Weihnachtsbaum aus seiner Ecke zu holen. Der Vater war kurz nach dem Fest von schwerer Krankheit befallen worden, die alle Gedanken der Seinen in Anspruch nahm, sodass die Tanne vergessen wurde.

Da sank dem Tannenbäumchen allmählich der Mut. Wohl lag es im Schuppen geschützt und hatte so viel Erde im Kübel, dass es einstweilen noch sein Leben fristen konnte. Wie oft aber, wenn das Dach des Schuppens im Winde klapperte, sehnte es sich nach den Stürmen des Waldes! Wie gern hätte es sich unter ihrer Wucht gebeugt, frei und kräftig im sichern Boden stehend, um im Wind und Wetter Kraft und Wachstum zu erringen! Nun stand ihm im dunkelsten Winkel eines dumpfen Schuppens, fern von Licht und Luft, ein langsamer Tod bevor.

Dazu wurden die Tage wieder länger, die Sonnenstrahlen spielten immer heller durch das winzige Fenster herein. Der arme Baum wagte nicht, sich das Leben und Weben des Waldes zu dieser Zeit auszumalen. Auch ihn wärmten einst die Sonnenstrahlen, auch ihn küsste einst die frische Luft; doch das war vorbei, vorbei für immer - und sein schönes, freies Leben hatte er im Übermut eintönig gescholten!

„Warum hielt ich mich für besser als die andern! Könnte ich noch einmal am Waldesrande stehen im Kreise der Gefährten, mit ihnen vom nahen Frühling flüsternd - nie wieder wollte ich undankbar sein!"

Wahre Reue kommt nie zu spät; das sollte auch das Bäumchen erfahren.

Eines Tages hatte der Diener beim Zerkleinern des Holzes den Weihnachtsbaum entdeckt und ihn aus seiner Ecke gezogen. Wie welk und krank sah er aus; die trockene Erde war fast ganz von den Wurzeln abgebröckelt. „Der taugt auch nur noch zum Brennen", meinte der Mann gleichgültig und trug ihn mit dem andern Holz in den Hof. Dort schien die Sonne hell und freundlich.

„Wie zum Abschied!“, dachte das Bäumchen und sandte ihr zum Dank seinen Duft zu.
Doch: „Sieh, Väterchen, unsern Weihnachtsbaum!“, ertönte dicht neben ihm eine Kinderstimme. „Muss er nun sterben? Er duftet noch so schön, der liebe, liebe Baum!“ Und ein freundliches Lockenköpfchen drückte sich in die grünen Zweige.
„Wie schade, dass er vergessen wurde!“, rief nun auch der Vater, der endlich wieder genesen war. „Ich hatte es so gut mit ihm gemeint. Doch sieh, die Erde, die an seinen Wurzeln klebt, hat ihn vielleicht gerettet; wir wollen versuchen, ihn noch einzupflanzen.“
So geschah es; mit vieler Sorgfalt wurde der kranke Baum in die gelockerte Erde gesetzt und gepflegt, bis er sich nach einigen Wochen erholt hatte. Und als nun mit dem Frühling neues, frohes Leben rings im Garten erwachte, und hier und da schon ein Blümchen sich herauswagte – wie fröhlich und dankbar breitete da das Bäumchen seine Äste dem Lichte und der Sonne entgegen und hätte am liebsten mit den Vöglein um die Wette gesungen, die sich in seinen Zweigen ein Nestchen bauten. Wohl war der Garten nicht groß, der Boden nicht so kräftig

und die Luft nicht so frisch und frei wie einstmals im Walde, doch: „Nie wieder will ich hochmütig und undankbar sein!“, sagte das Bäumchen und wuchs fröhlich auf im grünen Rasen, seinen Wohltätern und sich selbst zur Freude.

3

In der stillen Zeit

Meine ersten Versuche mit der Stille

Jürgen Werth

Seit ich denken kann, kämpfe ich mit der stillen Zeit am Morgen. Denn erstens bin ich kein Morgenmensch. Und zweitens kann ich mich so schwer an Gewohnheiten gewöhnen. Und drittens bin ich Künstler. Die machen ohnehin nicht, was die anderen machen.

Und trotzdem weiß ich, wie wichtig diese Zeit ist. Ob am Morgen, Mittag oder Abend, ich brauche ein Wort von Gott. Täglich. Ich brauche das Zwiegespräch mit ihm. Ständig. Gott gehört zu meinem Alltag wie das Frühstück am Morgen.

Und so kämpfe ich tapfer weiter ...

Aber jede Beziehung braucht nicht nur Alltage, sondern auch Feiertage. Das ist der Gottesdienst am Sonntagmorgen, klar. Das sind die Festtage des Kirchenjahres, klar. Aber das sind für mich seit ein

paar Jahren auch Stille Wochenenden, Stille Tage, Stille Wochen. Feiertage meiner Beziehung zu Gott. Ich erinnere mich an das erste Stille Wochenende bei der Jesus-Bruderschaft in Gnadenthal. Immer wieder hatte ich davon gelesen und gehört. Immer wieder aber hatte ich mich nicht getraut. Doch dann endlich hatte ich's gewagt.
Ein Rückblick in Tagebuchnotizen:
„Ich sitze hier mit der versammelten Unruhe meines Lebens. Noch ist Alltag. Noch hat der Stille-Tag so richtig nicht begonnen. Aber ich weiß schon, dass ich diese Phase zulassen muss. Ich kann nicht einfach abschalten, umschalten. Ich muss es auch nicht. Wer Gott begegnen will, muss nicht erst heilig werden. Er wird es. Wer die Stille sucht, muss sie nicht schon mitbringen. Er findet sie. Wer Belastendes abgeben möchte, darf es, muss es vor sich selbst und vor dem lebendigen Gott ausbreiten, damit er befreit werden kann. Und das darf so chaotisch, so unstrukturiert sein wie bei mir an diesem Morgen. Am Anfang der Schöpfung war Chaos, Tohuwabohu, und der Geist Gottes und sein Wort: ‚Es werde Licht.' Herr, lass es Licht werden heute."

„Ankommen ist schwer. Die liturgischen Gesänge zunächst fremd. Ich habe mich auf diese Tage gefreut. Nun erscheinen sie mir lang, wenig attraktiv. Gedanken bedrängen mich, Menschen, die mir auf der Seele liegen. Der Beruf mit seinen vielfältigen Anforderungen, Zerreißproben. Die Gefahr, aufgerieben zu werden zwischen auseinanderstrebenden Interessen. Neu habe ich die Erkenntnis: es ist nicht wichtig, ob andere toll finden, was ich tue, denke, sage. Wichtiger ist, im Einklang mit Gott zu sein, denn das ist Freiheit. Ich kann nicht alle zufriedenstellen. Ich möchte, ich muss Gottes Willen tun. Mehr Zeit mit ihm verbringen. Mehr auf ihn als auf andere hören. Ich sehe die schwangere Maria auf dem Weg von Nazareth nach Ein Kerem. Ich höre ihr Magnifikat. Christus gewinnt Gestalt in ihr. Christus soll auch in mir Gestalt gewinnen."

„Einfach nur müde und leer. Die Stille bisher ohne Faszination. Keine tiefen Gedanken, keine tiefen Gebete. Gestern angekommen. Kalt und trüb ist es draußen. Schlafen tut gut. Nach der morgendlichen Einführung schlafen. Nach dem Mittagessen schlafen. Nach einem weiteren Impuls am Nachmittag erste zarte Gebetsfäden in der Kapelle. Komme ich allmählich an? Ich sehne mich nach Sonne, nach Licht, nach Freiheit, nach ungebrochener Gemeinschaft, nach angstfreien Zonen. Ich sehne mich nach dem Himmel. Und Gott sehnt sich nach mir. Ich weiß das. Aber glaub' ich es auch wirklich? Heute Nachmittag habe ich erfahren: Gott kommt, um meine Sehnsucht zu stillen. Der Himmel kommt auf die Erde. Der Himmel kommt zu mir. Erfahre ich das?“

„Angekommen. Endlich. Ich freue mich wie ein kleiner Junge. Aufatmen, einatmen, ausschlafen. Nichts reden müssen, nichts raten müssen, nichts müssen müssen.“

„Fast drei Tage Schweigen. Ungewohnt. Aber ich mache überraschende Entdeckungen. Ganz schlichte zum Teil. Zum Beispiel diese: Im Schweigen erlebst du vieles intensiver. Den Tee und das Käsebrot zum Frühstück. Die warme Dusche. Und die Gegenwart Gottes. Beim Morgengebet Tränen der Freude: Jesus ist da. Er heißt mich willkommen und ich ihn. Und ich singe intensiver als sonst: ‚Gott ist gegenwärtig. Alles in uns schweige.‘“

Zur Stille gehört das Schweigen. Denn Schweigen fördert die Stille, gibt ihr Raum, damit Christus in mir Raum gewinnen kann.

Der goldene Schlüssel

Brüder Grimm

Zur Winterszeit, als einmal ein tiefer Schnee lag, musste ein armer Junge hinausgehen und Holz auf einem Schlitten holen.
Wie er es nun zusammengesucht und aufgeladen hatte, wollte er, weil er so erfroren war, noch nicht nach Hause gehen, sondern erst Feuer anmachen und sich ein bisschen wärmen. Da scharrte er den Schnee weg, und wie er so den Erdboden aufräumte, fand er einen kleinen goldenen Schlüssel. Nun glaubte er, wo der Schlüssel wäre, müsste auch das Schloss dazu sein, grub in der Erde und fand ein eisernes Kästchen. „Wenn der Schlüssel nur passt!“,

dachte er, „es sind gewiss kostbare Sachen in dem Kästchen." Er suchte, aber es war kein Schlüsselloch da; endlich entdeckte er eines, aber so klein, dass man es kaum sehen konnte. Er probierte, und der Schlüssel passte glücklich. Da drehte er einmal herum, und nun müssen wir warten, bis er vollends aufgeschlossen und den Deckel aufgemacht hat, dann werden wir erfahren, was für wunderbare Sachen in dem Kästchen lagen.

Das Märchen vom Schnee

ANONYM

Vor vielen, vielen Jahren hatte der Schnee keine Farbe. Darüber war er sehr unglücklich, und so machte er sich auf, eine Farbe zu suchen. Alsbald kam er auf eine Wiese und bat das Gras um seine grüne Farbe. Aber das Gras lachte den Schnee aus und schickte ihn davon. Da ging der Schnee zum Veilchen und bat es, ihm seine veilchenblaue Farbe zu geben. Aber auch das Veilchen erhörte seine Bitte nicht. So ging der arme Schnee von Blume zu Blume, aber alle schickten ihn weg, keine wollte ihm ihre Farbe geben. Als er schon aufgeben wollte, traf der Schnee auf das Schneeglöckchen. Dieses hatte Mitleid mit ihm und fragte, wozu er die Farbe denn wolle. „Damit alle mich endlich sehen und vom Regen unterscheiden können", antwortete der Schnee. Da hatte das Schneeglöckchen ein Einsehen und gab dem Schnee von seiner weißen Farbe. Seit dieser Zeit macht der Schnee im Winter alles weiß. Die Blumen aber, die ihn verspotteten und abwiesen, lässt er erfrieren, nur das Schneeglöckchen, das verschont er – bis heute.

4

Die besondere Bescherung

Die Weihnachtsglocken von Finkenrode

WILHELM RAABE

Ein Glockenschlag erweckte mich aus meinem stundenlangen Brüten – die Weihnachtsglocken von Finkenrode! Die Weihnachtsglocken meiner Kindheitszeit!
Ich fuhr mit der Hand über die Stirn und lauschte; unwiderstehlich zog es mich hinaus in die Heilige Nacht. Ich hatte den Mantel übergeworfen; ich fand mich in der Straße, ohne zu wissen, wie.
Alles still und dunkel! Kein Stern am Himmel, kein Lichtlein auf Erden! Glockenklang, Glockenklang der Heimat!
Ich schritt langsam durch die schweigenden, schneebedeckten Straßen, das Erwachen der Stadt erwartend. Dort flammt ein Licht auf, dort wieder eins. Sie bewegen sich in den Häusern hin und her durch die Gemächer. Sieh da! Sieh da, ein Weihnachtsbaum

im vollen Glanz! Haustüren öffnen sich hier und da, eine Gestalt, in einen Mantel gehüllt, streicht an mir vorüber. In immer hellerem Glanz leuchtet das Städtlein Finkenrode. Ich folge dem Glockenklang durch die Gassen auf den Marktplatz – vor mir strahlt die Kirche des heiligen Martin mit ihren hohen, spitzen, erleuchteten Fenstern; die beiden Türme verlieren sich vollständig in dem Nebel und der Dunkelheit. Ich lehne mich an einen Pfeiler des weitgeöffneten Portals und lausche. Hallen einmal einen Augenblick die Glocken über mir aus, so klingt leise, leise das Geläut eines fernen Walddorfes herüber. Noch ist die Kirche menschenleer, die Wände des heiligen Gebäudes entlang schimmern die Totenkränze im Glanz der Kronleuchter. Tannenzweig windet sich an den Pfeilern empor.

Jetzt ist das christliche Volk erwacht und regt sich. Männer und Weiber schreiten durch die Gassen und über den Markt, auf die Kirchentüren zu, die Gesangbücher an die Brust gedrückt. Die Kinder führen ihre bunten Weihnachtspuppen mit sich, junge Mädchen entfalten strahlend den neuesten Putz. Zwischen den modernen Hüten und Hauben der Weiber schimmern hier und da die landesüblichen seltsamen Kugelmützen von Gold und Silberstoff, die Kopfbedeckungen der älteren Bürgersfrauen, hervor. Immer dichter werden die Scharen, die an mir vorüberziehen. Jeder Kirchgänger führt ein Wachslicht mit sich, welches an einer am Eingang der Kirche hängenden kleinen Lampe angezündet wird. Schon flammen Hunderte von Kerzen, schon braust die Orgel, der Gesang der Menge fällt ein, weit über die kleine Stadt hin, bis tief hinein in die stillen Berge, wo der Hirsch und der Fuchs verwundert aufhorchen, erklingt die Feier des Christmorgens.

Die Kunde von Bethlehem

HEINRICH BÖLL

Die Tür war keine richtige Tür: Sie war lose aus Brettern zusammengenagelt, und eine Drahtschlaufe, die über einen Nagel gezogen war, hielt sie am Pfosten fest. Der Mann blieb stehen und wartete: ‚Es ist doch eine Schande', dachte er, ‚dass eine Frau hier ihr Kind kriegen muss.' Er nahm die Drahtschlaufe vorsichtig vom Nagel, stieß die Tür auf und erschrak: Er sah das Kind im Stroh liegen, die sehr junge Mutter hockte daneben, lächelte das Kind an ... hinten an der Wand stand einer, den der Mann nicht richtig anzusehen wagte: das könnte einer von denen sein, die die Hirten für Engel gehalten hatten. Der dort an der Wand lehnte, hatte einen mausgrauen Kittel an und hielt in beiden Händen Blumen: schlanke, gelbliche Lilien waren es. Der Mann spürte die Furcht in sich aufkommen und dachte: ‚Vielleicht stimmen doch die tollen Dinge, die die Hirten in der Stadt erzählt haben.'

Die junge Frau blickte jetzt auf, sah ihn freundlich und fragend an, und der Mann fragte leise: „Wohnt hier der Tischler?"

Die junge Frau schüttelte den Kopf: „Tischler ist er nicht - er ist Zimmermann."

„Das macht ja nichts", sagte der Mann, „eine Tür wird er ja reparieren können, wenn er Werkzeug mithat."

„Er hat Werkzeug mit", sagte Maria, „und Türen reparieren kann er. Das hat er in Nazareth auch gemacht."

Sie waren also wirklich aus Nazareth.
Der mit den Blumen in der Hand sah jetzt den Mann an und sagte: „Du brauchst dich nicht zu fürchten.“ Seine Stimme klang so schön, dass der Mann wieder erschrak, aber er blickte auf: der Mausgraue sah sehr freundlich, aber auch traurig aus.
„Er meint Joseph“, sagte die junge Frau, „ich will ihn wecken. Soll er die Tür reparieren?“
„Ja, in der Herberge zum ‚Roten Mann‘, nur den Falz ein bisschen aushobeln und das Futter nachsehen. Die Tür klemmt so. Ich warte draußen, wenn du ihn holen willst.“
„Du kannst ruhig hier warten“, sagte die junge Frau.
„Nein, ich will lieber draußen warten.“ Er sah flüchtig zu dem Mausgrauen hinüber, der ihm lächelnd zunickte, ging dann rückwärts hinaus und schloss die Tür vorsichtig, indem er die Drahtschlaufe über den Nagel zog. Männer mit Blumen waren ihm immer komisch vorgekommen, aber der Mausgraue sah nicht wie ein Mann aus, auch nicht wie eine Frau, und komisch war er ihm gar nicht vorgekommen.
Als Joseph mit der Werkzeugkiste herauskam, nahm er ihn beim Arm und sagte: „Komm, wir müs-

sen linksherum.“ Sie gingen linksherum, und jetzt fand der Mann endlich den Mut, das zu sagen, was er der jungen Frau schon hatte sagen wollen, aber er hatte sich gefürchtet, weil der mit den Blumen dabeistand. „Die Hirten“, sagte er, „erzählen ja tolle Dinge über euch in der Stadt.“ Aber Joseph antwortete nicht darauf, sondern sagte: „Hoffentlich habt ihr wenigstens ein Stecheisen da, an meinem ist mir der Griff abgebrochen. Sind es mehrere Türen?“

„Eine“, sagte der Mann, „und ein Stecheisen haben wir. Es ist sehr dringend mit der Tür. Wir bekommen Einquartierung.“

„Einquartierung? Jetzt? Es sind doch keine Manöver.“

„Nein, Manöver sind nicht, aber es kommt eine ganze Kompanie Soldaten nach Bethlehem. Und bei uns“, sagte er stolz, „bei uns soll der Hauptmann wohnen. Die Hirten ...“, aber er unterbrach sich, blieb stehen, und auch Joseph blieb stehen. An der Straßenecke stand der Mausgraue, er hatte den ganzen Arm voller Blumen, weißer Lilien, und verteilte sie an kleine Kinder, die gerade laufen konnten: es kamen immer mehr Kinder, und Mütter kamen mit solchen, die noch nicht laufen konnten, und der Mann, der Joseph geholt hatte, erschrak sehr, denn der Mausgraue weinte: Die Stimme, die Augen hatten ihn schon erschreckt, aber seine Tränen waren noch schrecklicher: Er berührte die Münder der Kinder, ihre Stirn mit seiner Hand, küsste ihre kleinen schmutzigen Hände und gab jedem von ihnen eine Lilie.

„Ich habe dich gesucht“, sagte Joseph zu dem Mausgrauen, „eben, während ich schlief, habe ich geträumt ...“

„Ich weiß“, sagte der Mausgraue, „wir müssen sofort weg.“ Er wartete noch einen Augenblick, bis ein ganz kleines, schmutziges Mädchen an ihn herangekommen war.

„Soll ich die Tür für diesen Hauptmann nicht mehr reparieren?“

„Nein, wir müssen gleich weg.“ Er wandte sich von den Kindern ab, nahm Joseph beim Arm, und Joseph sagte zu dem Mann, der ihn geholt hatte: „Tut mir leid, ich glaube, es geht nicht.“ „Oh, lass nur“, sagte der Mann. Er sah den beiden nach, die zum Stall zurückgingen, blickte dann in die Straße, in der die Kinder lachend mit ihren großen weißen Lilien herumliefen. Da hörte er das Getrappel von

Pferdehufen hinter sich, wandte sich um und sah die Kompanie, die von der Landstraße aus in die Stadt einritt.
‚Ich werde wieder ausgeschimpft werden', dachte er, ‚weil die Tür nicht repariert ist.'
Die Kinder standen am Straßenrand und winkten den Soldaten mit den Blumen zu. So ritten die Soldaten durch ein Spalier weißer Lilien in Bethlehem ein, und der Mann, der Joseph geholt hatte, dachte: ‚Ich glaube, die Hirten haben recht, mit allem, was sie erzählt haben ...'

Weihnachten bei den Alten

JOSEPH ROTH

Um mich herum saßen: Herr Wiedermut, Herr Balke und Frau Kürschstein, die Hausmutter, und sie waren zusammen rund zweihundertdreißig Jahre alt. Wir sprachen von Weihnachten.

„Das war einmal ganz anders“, sagte Herr Wiedermut. „Heute ist das nicht mehr so. Ich weiß noch, wie es – ach Jott, war das ein Rummel vor Weihnachten.“ – „Da war der Weihnachtsmarkt noch am Schlossplatz“, warf Herr Balke von Zimmer 20 ein. „Da kamen selbst die Prinzen und die hohen Herrschaften herunter vom Schloss und beteiligten sich an den Volksbelustigungen. Und die Studenten zogen in Couleur daher und trieben Ulk, und die Arbeiter und die Gewerkschaftsinnungen, au je!“ – „Na, und erst die Schlowaken“, sagte die Hausmutter Frau Kürschstein. „Was die nicht alles zu verkaufen hatten.“ – „Und manche darunter waren gar keine Schlowaken“, sagte Herr Wiedermut, der die Wahrheit liebt. „Es waren verkleidete Berliner.“ – „Freilich, freilich“, sagte Herr Balke.

Ich saß am Vormittag in einem Zimmer der Weydringer-Stiftung und sprach mit den alten Leuten über Weihnachten von einst. Das war eine Zeit, in der es noch keine Marburger Studenten gab, sondern solche, die mit Arbeitern gemeinsam Ulk trieben. Und die Prinzen saßen nicht auf fernen Schlössern, sondern mischten sich unter das Volk. Und der Schlossplatz und der Lustgarten und überhaupt

die ganze Stadt, das war ein einziges Weihnachtsfest. Sozusagen eine Weihnachtswarenstadt.
Am Bürgersteig, es muss furchtbar kalt gewesen sein, saßen die kleinen Kinder und riefen: Een Sechser die Knarre! ’n Dreier det Schaf! Een Sechser die laufende Maus! Und sie mussten alles verkaufen, die armen Kinder, denn wenn sie ohne Erlös nach Hause kamen, gab’s Keile. Und da saß einmal ein Mädelchen, das hatte drei Bücher zu verkaufen, und die drei Bücher kosteten dreißig Pfennig. Weil aber damals um die Weihnachtszeit jeder Mensch seinen Bildungshunger mit Pfefferkuchen sättigen konnte, kaufte dem armen Mädchen niemand etwas ab. Als es aber finster wurde, raffte sie sich zu einem verzweifelten Entschluss auf: Sie rief einen reichen Herrn an und erzählte ihm ihr Leid. Der reiche Herr war so unerhört reich, dass er dem kleinen Mädchen die Bücher abkaufte und *fünfzig Pfennig* gab. Dreißig für die Bücher und zwanzig so. Weil es aber ein Herr aus einer vergangenen Zeit ist, sagte er zu dem Mädchen: Aber nicht vernaschen! I wo!, sagte das Mädchen und ging nach Hause.
Diese Geschichte hat auf Frau Kürschstein einen so unerhörten Eindruck gemacht, dass sie sie mir

heute wieder erzählt. „Oh, welch ein Herr! Fünfzig Pfennig gab er statt dreißig."
„Merkwürdig ist diese neue Mode der Tannenbäume, der vielen Tannenbäume", sagt Herr Balke. „In früherer Zeit hat es nämlich gar nicht so viele Tannenbäume gegeben. Man gebrauchte Pyramiden und Kronen, die waren aus Holz geschnitzt und bunt verziert. Heute sind allerdings Tannen modern geworden. Vielleicht, weil die Menschen keine Geduld mehr haben, Kronen zu schnitzen, oder weil die Welt so liederlich unpraktisch ist und einen haltbaren Kronenbaum verschmäht, der zwanzig und dreißig Jahre als Weihnachtsbaum dienen könnte."
Damals war Herr Wiedermut noch Weber. Er gehört immer noch der Innung an, aber er webt nicht mehr. Er wird zu Weihnachten erst zu seinen Kindern gehen und dann nach Weihnachten zu seinen Enkeln. Unter Umständen ist es sehr gut, wenn man alt wird, weil sozusagen der Bekanntenkreis sich mit jedem Jahr vermehrt.
Während ich mich mit den Alten unterhielt, saßen die kleinen Buben, die Enkel des Hausverwalters, respektvoll hinter den Greisen und hatten ganz

große, runde Augen. Sie dachten fortwährend an die Knarren um einen Sechser. Und an den Schlossplatz und an Schlowaken, die ohne Einreisebewilligung und Pass nach Deutschland kommen durften und übrigens gar keine Schlowaken waren, sondern Berliner.

Der selbstsüchtige Riese

OSCAR WILDE

Jeden Nachmittag, wenn die Kinder aus der Schule kamen, gingen sie in den Garten des Riesen, um darin zu spielen.
Es war ein großer, lieblicher Garten mit weichem, grünem Gras. Hier und da schauten wunderschöne Blumen aus dem Gras wie Sterne, und zwölf Pfirsichbäume standen da, die im Frühling köstliche rosa- und perlenfarbene Blüten trugen und im Herbst reiche Frucht brachten. Die Vögel saßen in

den Bäumen und sangen so süß, dass die Kinder oft in ihren Spielen innehielten, um ihnen zu lauschen. „Wie glücklich wir hier sind!“, rief eines dem anderen zu.

Eines Tages kam der Riese nach Haus. Er war auf Besuch gewesen bei seinem Freund, dem Menschenfresser von Cornwall, und war sieben Jahre bei ihm geblieben. Als die sieben Jahre um waren, hatte er alles gesagt, was er zu sagen hatte, denn das war nicht viel; und so beschloss er, in sein eigenes Schloss zurückzukehren. Als er ankam, sah er die Kinder in seinem Garten spielen.

„Was macht ihr hier?“, schrie er mit sehr barscher Stimme, und die Kinder liefen weg.

„Mein eigener Garten ist mein eigener Garten“, sagte der Riese. „Das wird jeder einsehen, und ich erlaube keinem, darin zu spielen, außer mir selber.“ Also baute er eine hohe Mauer rundherum und stellte eine Warntafel auf, darauf stand:

UNBEFUGTEN IST DER ZUTRITT
BEI STRAFE VERBOTEN

Er war ein sehr selbstsüchtiger Riese.

Die armen Kinder konnten jetzt nirgends mehr spielen. Sie versuchten es auf der Straße, aber die Straße war sehr staubig und voll von harten Steinen, und das gefiel ihnen gar nicht. Wenn der Unterricht vorbei war, gingen sie jetzt oft rund um die hohen Mauern und unterhielten sich über den herrlichen Garten dahinter. „Wie glücklich waren wir dort!“, sagten sie zueinander.
Dann kam der Frühling, und überall im ganzen Land gab es kleine Blüten und kleine Vögel. Nur im Garten des selbstsüchtigen Riesen herrschte noch immer Winter. Die Vögel hatten keine Lust, darin zu singen, weil keine Kinder da waren, und die Bäume vergaßen zu blühen. Einmal steckte eine wunderschöne Blume ihren Kopf aus dem Gras heraus, aber als sie die Warntafel sah, taten ihr die Kinder so leid, dass sie wieder zurück in die Erde schlüpfte und weiterschlief. Die einzigen, die sich freuten, waren der Schnee und der Frost. „Der Frühling hat diesen Garten vergessen“, riefen sie, „so wollen wir das ganze Jahr hier wohnen bleiben.“ Mit seinem großen, weiten Mantel bedeckte der Schnee das Gras, und der Frost bemalte alle Bäume mit Silber. Sie luden den Nordwind ein, bei ihnen zu wohnen,

und er kam. Er war in Pelze eingemummt, heulte den ganzen Tag durch den Garten und fegte die Schornsteinaufsätze herunter. „Das ist ein reizender Ort", sagte er, „wir müssen den Hagel zu Besuch bitten." So kam der Hagel. Jeden Tag prasselte er drei Stunden lang auf das Dach des Schlosses, bis die meisten Dachschiefer zerbrochen waren, und dann lief er rund um den Garten, so schnell er nur konnte. Er war in Grau gekleidet, und sein Atem war wie Eis. „Ich kann nicht begreifen, warum der Frühling sich mit seinem Kommen so lange Zeit lässt", sagte der selbstsüchtige Riese, als er am Fenster saß und in seinen kalten, weißen Garten hinausblickte. „Ich hoffe, das Wetter ändert sich bald."

Aber der Frühling kam nicht und auch nicht der Sommer. Der Herbst brachte jedem Garten goldene Früchte, doch dem Garten des Riesen brachte er nichts. „Er ist zu selbstsüchtig", sagte er. So blieb es hier immer Winter, und Nordwind und Hagel, Frost und Schnee tanzten zwischen den Bäumen.

Eines Morgens lag der Riese wach im Bett; da hörte er eine liebliche Musik. So süß klang es seinen Ohren, dass er meinte, die Musikanten des Königs zögen vorbei. In Wirklichkeit sang nur ein kleiner Hänfling draußen vor seinem Fenster, aber es war so lange her, seit er einen Vogel in seinem Garten singen gehört hatte, dass es ihm schien wie die herrlichste Musik in der Welt. Dann hörte der Hagel auf, über seinem Kopf zu tanzen, der Nordwind hörte auf zu heulen, und durch den offenen Fensterflügel drang ein köstlicher Duft. „Ich glaube, der Frühling ist endlich gekommen“, sagte der Riese; und er sprang aus dem Bett und sah hinaus.

Und was sah er?

Er sah ein höchst wunderbares Bild. Durch ein kleines Loch der Mauer waren die Kinder hereingekrochen und saßen nun in den Zweigen der Bäume. In jedem Baum, den er sehen konnte, saß ein kleines Kind. Und die Bäume freuten sich so sehr, die Kinder wiederzuhaben, dass sie sich in Blüten gekleidet hatten und ihre Arme sanft über den Köpfen der Kinder wehen ließen. Die Vögel schwirrten umher und zwitscherten vor Vergnügen, und die Blumen blickten aus dem grünen Gras heraus und lachten. Es war ein wunderschöner Anblick; nur in einer Ecke war noch Winter. Es war der entfernteste Winkel des Gartens, und dort stand ein kleiner

Junge. Er war so klein, dass er nicht hinaufreichen konnte zu den Ästen des Baumes, und so lief er rundherum und weinte bitterlich. Der arme Baum war noch immer mit Frost und Schnee bedeckt, und der Nordwind blies und heulte darüber hin. „Steig herauf, kleiner Junge“, sagte der Baum und neigte seine Äste so weit herunter, wie er nur konnte; aber der Junge war zu winzig.
Und das Herz des Riesen schmolz, als er hinausblickte. „Wie selbstsüchtig bin ich doch gewesen!“, sagte er. „Jetzt weiß ich, warum der Frühling nicht hierherkommen wollte. Ich werde diesen armen kleinen Jungen in den Wipfel des Baumes setzen, und dann werde ich die Mauer niederreißen, und mein Garten soll für immer ein Spielplatz der Kinder sein.“ Und er bedauerte wirklich sehr, was er getan hatte.
Er schlich also hinunter, öffnete ganz sachte die Haustür und trat hinaus in den Garten. Aber als die Kinder ihn sahen, erschraken sie so, dass sie alle davonliefen, und im Garten wurde es wieder Winter. Nur der kleine Junge lief nicht davon, denn seine Augen waren so voll Tränen, dass er den Riesen nicht kommen sah. Und der Riese stahl sich

hinter ihn, hob ihn sanft auf seine Hand und setzte ihn hinauf in den Baum. Und mit einem Male brach der Baum in Blüten aus, und die Vögel kamen und sangen darauf, und der kleine Junge streckte seine beiden Arme aus und schlang sie um des Riesen Nacken und küsste ihn. Und als die anderen Kinder sahen, dass der Riese nicht länger böse war, kamen sie zurückgelaufen, und mit ihnen kam der Frühling. „Das ist jetzt euer Garten, ihr kleinen Kinder“, sagte der Riese, und er nahm eine große Axt und riss die Mauer nieder. Und als die Leute um zwölf Uhr auf den Markt gingen, sahen sie den Riesen mit den Kindern spielen in dem herrlichsten Garten, den sie jemals erblickt hatten.

Den ganzen Tag lang spielten sie, und am Abend kamen sie zum Riesen, um sich zu verabschieden.

„Aber wo ist euer kleiner Spielgefährte“, sagte er, „der Junge, den ich in den Baum gesetzt habe?“ Der Riese hatte ihn am liebsten, weil er ihn geküsst hatte.

„Wir wissen es nicht“, antworteten die Kinder, „er ist weggegangen.“

„Ihr müsst ihm sagen, dass er morgen ganz sicher wiederkommen soll“, sagte der Riese. Aber die Kinder erwiderten, sie wüssten nicht, wo er wohne,

und hätten ihn niemals zuvor gesehen; da wurde der Riese sehr traurig.
Jeden Nachmittag, wenn die Schule vorbei war, kamen die Kinder und spielten mit dem Riesen. Aber der kleine Junge, den der Riese liebte, wurde niemals wieder gesehen. Der Riese war sehr freundlich zu allen Kindern, aber er sehnte sich nach seinem ersten kleinen Freund und sprach oft von ihm. „Wie gern würde ich ihn sehen!", sagte er dann immer.
Jahre vergingen, und der Riese wurde recht alt und schwach. Er konnte nicht mehr draußen spielen, also saß er in einem riesigen Lehnstuhl, sah den Kindern bei ihren Spielen zu und freute sich an seinem Garten. „Ich habe viele herrliche Blumen", sagte er, „aber die Kinder sind die allerschönsten."
Eines Wintermorgens, als er sich eben ankleidete, blickte er aus einem Fenster. Jetzt hasste er den Winter nicht mehr, denn er wusste, dass der Frühling nur schlief und die Blumen sich ausruhten.
Plötzlich rieb er sich seine Augen vor Erstaunen und schaute und schaute. Und wahrhaftig hatte er einen herrlichen Anblick. Im entferntesten Winkel des Gartens war ein Baum ganz bedeckt mit lieblichen weißen Blüten. Seine Äste waren golden, und

silberne Früchte hingen von ihnen, und darunter stand der kleine Knabe, den er geliebt hatte.
Voller Freude lief der Riese hinunter und hinaus in den Garten. Er hastete über das Gras und näherte sich dem Kind. Und als er ganz nahe war, rötete sich sein Gesicht vor Zorn, und er sagte: „Wer hat es gewagt, dich zu verwunden?“ Denn auf der Handfläche des Kindes waren die Male zweier Nägel, und Male zweier Nägel waren auf den kleinen Füßen.
„Wer hat es gewagt, dich zu verwunden?“, rief der Riese. „Sage es mir, dass ich mein großes Schwert nehme und ihn erschlage.“
„Lass nur dein Schwert in der Scheide“, erwiderte das Kind, „denn dies sind die Wunden der Liebe.“
„Wer bist du?“, fragte der Riese, und eine fremdartige Scheu überfiel ihn, und er kniete nieder vor dem kleinen Kind. Und das Kind lächelte dem Riesen zu und sagte zu ihm: „Du ließest mich einst in deinem Garten spielen, heute sollst du mit mir in meinen Garten kommen, der da ist das Paradies.“
Und als die Kinder an diesem Nachmittag hereinliefen, da fanden sie den Riesen tot unter dem Baum liegen, und er war ganz bedeckt mit weißen Blüten.

Weihnachten

JOSEPH VON EICHENDORFF

Markt und Straßen steh'n verlassen,
still erleuchtet jedes Haus,
sinnend geh' ich durch die Gassen,
alles sieht so festlich aus. [...]

Und ich wandre aus den Mauern
bis hinaus ins freie Feld.
Hehres Glänzen, heil'ges Schauern!
Wie so weit und still die Welt!

Sterne hoch die Kreise schlingen,
aus des Schnees Einsamkeit
steigt's wie wunderbares Singen. –
O du gnadenreiche Zeit!

5

Auf dem Weg der Könige

Das Wegzeichen

Eva Bartoschek-Rechlin

Gegen Mitternacht hatten die drei Männer allein die Stadt verlassen, und der geschweifte Stern leuchtete wieder am Himmel und wies ihnen die Richtung. Sie waren schon eine gute Wegstrecke weit gegangen. Jeder führte sein Tragtier, einen Esel. Der eine trug Gold, der zweite Weihrauch, der dritte Myrrhe – Geschenke, die die Männer aus dem Morgenland für den neuen König mitgebracht hatten.
In der Stadt Jerusalem hatten die Männer den Neugeborenen nicht gefunden. Im Palast des Königs Herodes waren sie auf Misstrauen und Neid gestoßen, und davor waren sie geflohen, als die Nacht angebrochen war.
Niemand hatte ihnen sagen können, wo der neue König zu finden war, dessen Geburt ihnen, die am Himmel zu lesen verstanden, der Stern angezeigt hatte. Auch in dieser Nacht stand er funkelnd über ihnen. Aber bald graute der Morgen und Stern

um Stern erlosch. Selbst das Licht des großen, geschweiften Sterns verblasste vor den Strahlen der aufgehenden Sonne.
Die Männer beobachteten es besorgt, und als sie den Stern nicht mehr sahen, hielten sie an.
„Wir werden bis zur nächsten Nacht rasten müssen“, sagte einer von ihnen, „ohne unseren Stern finden wir den richtigen Weg nicht.“ Sie hoben die Lastballen von den Eselsrücken und ließen die Tiere weiden. Dann rissen sie trockene Dornbüsche aus dem Sand und schichteten sie für ein Feuer, denn um diese Stunde war es kühl. Sie setzten sich um das Feuer, nahmen Fleisch und Brot aus ihren Reisesäcken und aßen. „Es kann nicht mehr weit sein“, sagte der Schwarzhäutige, „denn der geschweifte Stern stand zuletzt fast über uns. Vielleicht sind wir vor dem Ende der nächsten Nacht am Ziel.“ Die anderen blickten sich um. Sie sahen nur dürres Gras, Dornbüsche und Sand von Horizont zu Horizont. „Kein Schloss, keine Burg, kein Palast“, sagte einer, „in denen ein König geboren sein könnte, den der Himmel selbst durch einen geschweiften Stern angekündigt hat.“ „Und warum“, fragte der Dunkle, „warum gibt es nicht ein gleiches Wegzeichen für

den Tag? Warum nur einen Stern in der Finsternis ... aber nichts, kein Feuermal, keinen Wolkenpfeil, keinen Vogel, kein Zeichen, das uns am Tage den Weg weist?“

So saßen die drei Männer um das Feuer, fragten einander und wussten keine Antwort, zweifelten und froren, denn das trockene Dornengestrüpp war rasch niedergebrannt.

Da hörten sie aus der Nähe einen hellen, klagenden Schrei, gleich darauf wieder, und alle drei sprangen auf und spähten in die Wüste. Der Laut kam von einem Dornbusch herüber. Als sie darauf zugingen, sahen sie ein weißes, wolliges Bündel, das sich in den Dornen verfangen hatte. „Es ist ein Lamm!“, rief der Älteste, der einen Bart trug, „ein Lamm, das sich verirrt haben muss.“ Er eilte zu dem Tier, befreite es aus den Dornen und nahm es auf seine Arme. „Ein so kleines Lamm allein in der Wüste!“, sagte er nachdenklich. – „Dass in der Nacht keine Hyäne es gerissen und gefressen hat!“, rief der Jüngste erstaunt. „Es müssen Hirten mit ihren Herden in der Nähe sein. Denen ist es entlaufen.“ Kaum hatte er das gesagt, sahen sie in der Ferne einen Mann herankommen. Er trug einen langen

Stab und hielt den Blick gesenkt, als folgte er einer Spur. Bald erkannten sie, dass es ein Hirt war. Da er das Lamm in den Armen des Bärtigen entdeckte, stürzte er mit einem Freudenruf darauf zu. Nach zwei Schritten jedoch blieb er erschrocken stehen, als sähe er erst jetzt außer dem Lamm auch die Fremden. Wahrhaftig, sie sahen fremd aus: Jeder war gekleidet wie ein Fürst. Und doch waren alle drei von der langen Wanderung ausgezehrt und erschöpft wie Bettler, dazu der eine von ihnen dunkel wie verbranntes Laub.

Aber noch ehe der Hirt fragen konnte, wer sie seien, hob der Bärtige ihm das Lamm entgegen und sagte: „Nimm es. Wir haben es in den Dornen gefunden und sind froh, dass es dich zu uns gelockt hat, denn vielleicht wirst du uns zeigen können, was wir suchen."

Der Hirt nahm das Lamm auf seine Arme. „Wie kann ich euch dafür danken", fragte er, „dass ihr mir das Lamm zurückgebracht habt?"

„Dein Dank gehört nicht uns", sagte der Bärtige, „vielleicht aber wirst du unseren Dank verdienen, denn wir suchen etwas, das wir bei Tage nicht finden können."

Der Hirt wunderte sich darüber. „Ich kenne hier jeden Strauch“, sagte er. „Wenn ihr etwa einen Weg sucht, so will ich ihn euch zeigen.“
„Diesen Weg wird uns nicht jeder zeigen können. Bisher war es ein Stern, der uns führte.“
Der Hirt horchte auf und fragte: „Ein Stern mit einem Schweif?“ Die Männer nickten.
„Dann sucht ihr den Heiland!“, rief der Hirt beglückt.
„Wir suchen den neugeborenen König“, sagte der Dunkle, „er kann nicht mehr weit von hier sein.“
Der Hirt nickte. „Ihr sucht das Kind im Stall von Bethlehem. Wir haben es gesehen, in der Nacht, als es gerade geboren war.“
„Du sprichst von einem Stall“, rief ärgerlich der jüngste der drei, „wir aber suchen einen König!“
„Ihr werdet ihn finden und erkennen“, sagte der Hirt, „folgt mir, ich führe euch zu meinen Gefährten in das Hirtenlager. Von dort aus ist es nicht mehr weit bis zur Krippe im Stall.“
Die drei Männer blickten einander an. Hatten sie nicht genug von räuberischen Überfällen auf Reisende gehört? Und konnte dieser Hirt nicht der Lockvogel einer Räuberbande sein?

„Warum führst du uns nicht allein auf den richtigen Weg?“, fragte der Dunkle.
Der Hirt sah sie fragend an. In ihren Gesichtern standen Zweifel und Abwehr. Er blickte auf ihr Gepäck, das im Sande lag, und begriff, was sie dachten und befürchteten. Er schüttelte den Kopf und trat mutig nahe vor sie hin.
„Packt mich, wenn ihr mir nicht traut“, sagte er, „ich bin einer, ihr seid drei.“
Und als sie schwiegen und sich nicht rührten, fuhr er fort: „Wir Hirten haben ihn gefunden, den ihr sucht. Darum gehören wir und ihr zusammen, und zu uns werden alle gehören, die sich auf den Weg zu ihm machen.“
Und die drei Fremden folgten dem Hirten in das Lager.

Die Jahreszeiten – Eine Weihnachtsrede

GUSTAV RADBRUCH

Weihnacht wollen wir miteinander feiern, wir, ein buntgemengter Kreis verschiedener Berufe, verschiedener Bekenntnisse, manche, deren Leben noch fest in dem Grunde des alten Glaubens wurzelt, viele, die sich längst, schmerzlich oder schmerzlos, aus ihm gelöst haben, einige vielleicht auch, die in ihm nie heimisch waren.
Ja, haben wir denn das Recht, uns zu einer Weihnachtsfeier zusammenzufinden? Gibt es noch eine Saite, die das Weihnachtsfest in uns allen gleichermaßen zum Klingen bringt? Ich glaube: doch. Wie die Madonnenbilder der großen Meister, so haben auch die christlichen Feiertage, von der Kirche nicht erzeugt, sondern übernommen, außer ihrer geschichtlich-kirchlichen Bedeutung noch einen ewigen, rein menschlichen Stimmungsgehalt, der

sich ohne Unterschied des Glaubens einem jeden erschließt, als Feste der Jahreszeiten, als Sinnbilder menschlicher Lebensrichtungen. Ostern, das die Menschen auf tausend Wegen durch die lockende Frühlingswelt zerstreut; Weihnachten, das sie aus winterlich unwirtlicher Weite um die vertraute Flamme der Heimstätten versammelt – das ist der alljährliche Atemzug des Menschenlebens, sein Ausatmen gleichsam und sein Einatmen. Wie weit war die Welt und wie lockte die Ferne um die Osterzeit! Aber das Jahr ging seinen Gang, trug Blüten, trug Früchte, ward alt und entblätterte sich – und jetzt ist die Welt so eng geworden unter dem schwerlastenden Himmel, so kurz der Tag vom späten Aufgang bis zum frühen Niedergang, dass man schier fürchtet, die Nacht wolle das Licht ganz verschlingen. Ist es nicht, als wenn die Heimstätten der Menschen mit ihren trübe zwinkernden Lichtern, belagert von der Übermacht meilenweiter Finsternis, sich ihrer kaum noch erwehren? Und auch das Fünklein Lebensfreude, das Lebenslicht selbst droht in all der Dunkelheit auszulöschen, und wer sich der Altersgrenze nähert, die dem Menschenleben beschieden ist, denkt

wohl in diesen trüben Tagen, er werde den Frühling nie mehr sehen.
Aber die Menschen ergreift in solch gemeinsamer Not ein Heimverlangen, das Heimweh nach Liebe, die Sehnsucht, selbst Liebe mit Liebe zu erwidern, und, wie es zum ersten Mal geschah, „da Cyrenius Landpfleger in Syrien war“, ziehen sie zu Weihnachten auf allen Straßen – in überfüllten Eisenbahnwagen heutzutage – in ihre Heimat, „ein jeglicher in seine Stadt“, und zünden einander zum Troste in der Dunkelheit Lichter an, so viel sie können.
Aber diese Einsamkeit inmitten dunkler Weiten, die uns um Weihnachten zum Bewusstsein kommt, ist sie nicht dauerndes Menschenlos? Auf unserem winzigen Balle in irgendeinem Winkel des grenzenlosen Weltenraums, einer grauenvollen Unendlichkeit voll unbekannter Gefahren – was sind wir anderes als ein Häuflein Kinder, die sich im Dunkel frierend und angstvoll zusammendrängen, Genossen des gleichen schweren Schicksals, die unter sich wenigstens ein Reich der Liebe aufrichten sollten. „Kindlein, liebet euch untereinander!“ und: „Friede auf Erden und den Menschen ein Wohlgefallen!“, das möchte uns bei solcher Betrachtung

wohl als der Weisheit letzter Schluss und das Weihnachtsbild der Mutter mit dem Kinde als tiefstes Sinnbild unserer Lebensaufgabe erscheinen.
Aber es wehrt sich etwas in uns dagegen, die Liebe zum einzigen Gesetze unseres Lebens zu erheben. Sind wirklich ich und du, der Nächste, die Menschen und der Mensch, sein Glück und seine seelische Erhöhung unseres Daseins letzter Zweck? Sind wir alle nicht vielmehr umgekehrt auf der Welt nur um unseres Werkes willen? Um mitzubauen an der großen Pyramide, in der auf dem Fundamente rastlos verfeinerter Technik sich die Freiheit und Gerechtigkeit des Gemeinschaftslebens und als höchster Gipfel die Werke der Wissenschaft, der Philosophie, der Kunst übereinandertürmen sollen? Mitzubauen an dem Monumentalbau der *Kultur*? Was gilt es, wenn wir und andere darüber zugrunde gehen, wenn nur der Bau steigt, Stufe um Stufe! Da gibt es nur eine Liebe, die zu unserer Arbeit, und die Menschen sind uns nur Mitarbeiter oder Zerstörer unseres Werkes, Kameraden oder Gegner – gerade wie wir in der Osterwelt uns nach allen Richtungen zerstreuen, mit wenigen Weggenossen nur, die das gleiche Ziel mit uns zusammen-

führte. Beim Bau an dem Babelturm der Kultur verwirren sich die Sprachen, scheiden sich die Geister, spalten sich die Menschen in Parteien, die einander nicht mehr verstehen und einander befehden. Da gibt es keinen Frieden – unser Werk ruft uns zum Kampfe bis zum letzten Blutstropfen gegen seine Gegner. Und ein Sinnbild dieser Welt des Kampfes der Meinungen und des Sieges der Idee mag uns wohl die österliche Heldengestalt sein, die mit der Siegesfahne in der Hand triumphierend aus dem Grabe aufersteht, das die Schergen ihrer Feinde vergeblich bewachen.

So leben wir ein jeder in zwei Welten mit verschiedenen, ja entgegengesetzten Aufgaben: in einer Welt der Liebe und des Friedens und in einer Welt des Wirkens und des Kampfes. Auch das schlichteste Leben hat an ihnen beiden Anteil: durch die Familie an der einen, durch den Beruf an der anderen. Durch die Familie wird es hinein verwoben in ein Netz hilfreicher Beziehungen von Mensch zu Mensch; im Berufe und vielleicht auch in der auf die Berufszugehörigkeit aufgebauten Partei arbeitet es, an wie bescheidener Stelle auch immer, mit am Bau der Kultur. Aber auch der Weiseste gelangt nie zu endgültiger Klarheit darüber, in welcher dieser beiden Welten der letzte Sinn unseres Lebens liegt. Vielleicht sagten wir gestern noch: Was gilt der Mensch, sein Glück und sein Leben, wenn nur das Werk der Menschheit erfüllt wird! Und heute sprechen wir: Was ist mit alledem geschehen? Ein wenig Licht, Ordnung und Schönheit in das Leben unserer Brüder zu bringen, gilt es nicht viel mehr als dies? Man möchte vielleicht sagen, die Welt der Liebe - das sei das Reich der Kindheit und des Alters, die Welt des Wirkens, das Reich der Mannheit; oder auch: dort sei die Frau heimisch, hier der Mann - wohnte nicht in jeder Menschenbrust die Fülle der Menschheit. Mensch sein heißt Kind, Mann und Greis zugleich sein; und männliches und weibliches Fühlen ist an alle Menschen ausgeteilt. Die Feste aber sind an unseren Lebensweg gestellt, wie man wohl an den Kreuzwegen Heiligenbilder errichtet: um an die Seiten unseres Wesens mahnend zu rühren, die der Werktag nicht zur Entfaltung kommen lässt.

Ostern sagt zu uns: Gedenke, dass du jung bist und dass die Welt weit ist. Die Ferne lockt. Sei frisch und hart. Lass nichts dich an die Heimat fesseln, auch die nicht, die dir die liebsten sind. Denn höher steht dein Wandern und dein Ziel. Aber dann spricht die Weihnacht: Konntest du vergessen, dass du ein Kind warst und Greis sein wirst? Vergessen der Sehnsucht nach Liebe und der Sehnsucht, Liebe zu erweisen? Und wiederum Ostern sagt: Sei frisch und hart zum Kampf. Der Mensch gilt nichts, das Werk der Menschheit alles. Dein Werk will Kampf. Aber die Weihnacht spricht:

Wohin du blickst, ist Kampf auf Erden.
Wohin du blickst, kann Friede werden.

Quellennachweis

Christa Spilling-Nöker: Weihnachten für Hakim © Alle Rechte bei der Autorin. Aus: Ulrich Sander (Hg.), Weihnachten - eine Zeit voller Wunder. Das Lesebuch zum Fest © Patmos Verlag, Verlagsgruppe Patmos in der Schwabenverlag AG, Ostfildern 2018. www.verlagsgruppe-patmos.de.

Gerhard P. Steil: Weihnachten mit Otto © Alle Rechte beim Autor.

Mannix Flynn: 'ne tolle Frau, aus: Frank T. Zumbach (Hg.), Paddy's Weihnachts-Party. Weihnachtliche Geschichten aus Irland, 1996, Deutscher Taschenbuch Verlag, München © Frank T. Zumbach.

Jürgen Werth: Meine ersten Versuche mit der Stille, aus: Jürgen Werth, ... psst Stille finden in einer lauten Welt. S. 58 f. © Gerth Medien, Asslar, 2009.

Heinrich Böll: Die Kunde von Bethlehem, aus: „Heinrich Böll. Werke. Kölner Ausgabe. Band 6. 1952-1953". Herausgegeben von Árpád Bernáth in Zusammenarbeit mit Annamária Gyurácz © 2007, Verlag Kiepenheuer & Witsch GmbH & Co. KG, Köln.

Eva Bartoschek-Rechlin: Das Wegzeichen © Alle Rechte beim Rechtsnachfolger der Autorin.

Wir danken allen Rechteinhabern für die freundliche Abdruckerlaubnis. Der Verlag hat sich bemüht, alle Rechteinhaber in Erfahrung zu bringen. Für zusätzliche Hinweise sind wir dankbar.